まひる野叢書第三二八篇

歌集

絹の喉

岡本弘子

現代短歌社

目次

Ⅰ

Ⅲ

絹の喉

I

雨の匂い

シャガールの緑の馬も花嫁も翔んでいそうな今日の青空

水の面に映る新緑日ごと増し五月の川は緑を溶かす

先端の花の孤独を思いおり闇に枝垂るる藤の花房

風の日に路上を転ぶ鳥の羽ベートーヴェンの握りいしペン

十六分音符の連打情熱と苦悩の鼓動指先に打つ

予想など誰にもできぬ唐突にタオルホルダーの吸盤はがる
沸点も氷点も持ち感情の針は大きくわれを揺さぶる
群れていることのストレス思うなりたとえば鳥のたとえば魚の

透明なビニール傘をさして行く緑雨に心打たせたき日は

夫を送り夫を迎うる六月の玄関かそかに雨の匂いす

雨の日のバスはぬらりとやって来て尾鰭なき人を呑み込んでゆく

陽の匂い雨の匂いの交じりたる傘を畳みぬ家居の今日は

思春期の夫が読みたる文庫本はらりと四葉のクローバー落つ

五十音の絵本を幼と読んでゆくありがとうからごめんなさいまで

読点なき今日

波音は果つることなきララバイか地球滅亡のときまで止まず

連休の一夜を見たるレンタルの映画は咽せるほど血の匂いす

眠られぬ黎明を聴く鳥の声昨夕《よべ》よりわれに読点なき今日

蠟燭のように燃え尽き跡形もなくなったなら風になれるか

木漏れ日は鋭いレーザー光線のようにわが身の洞を貫く

何ごとか狂ったように声張りてミンミンは鳴く酷熱の夜を

抱くことも抱かるることも忘れたる身を預けおりブナの大樹に

晩夏光集めてきらめく芒の穂秋の入り口そこまで来ている

未知なる時空

六十回目の秋訪れて還暦とうわれに未知なる時空始まる

ピラカンサの実よりも赤い口紅がパトスのごとく抽斗にあり

生活のリズムを合わせることできぬ夫は深夜を目覚むる梟

「生きているただそれだけでいいのです」頷きつつも何かさびしい

早々と来年のカレンダー買いて来る夫は未来を手に入れしごと

裏表風に吹かれて冷えてゆく落ち葉に残る命の身熱

確かなる言葉の的を射抜くまで何度もダーツの矢を放つなり

四十二インチの大いなる画面占領している真昼の孤独

冬来れば母縫いくれし綿入れの半纏たもとの丸き半月

バス待つ間わたしは風と対話して少女は無言にメール打ちおり

暖かき師走の街にグローリア流れきて顫える硝子の魂

公園に忘れ去られしＤ５１が銀河のような電飾まとう
娘たち孫たちに送るプレゼントぎゅうぎゅうと母の思いを詰める

モチーフ

泡雪に青葉城址の石垣が銀鱗まといしごとく浮き立つ

星あまた描かれしグラス満たさねば冬の銀河は瞬かぬまま

母似にも姉似にもなるわれがいる三面鏡の視界の中に

携帯の画面にどーんと今朝生れしわが子の寝顔を娘《こ》は送り来る

まだわれのものにはあらず「ノクターン」雪白き夜を想う旋律

人の死の遅速は神も知らざれど花は咲きたる順に散りゆく

二つ切り四つ切り八つ切り十六にまだまだ切れるわれとうモチーフ

ジワジワとリトマス試験紙這い上がるように総身風邪に浸れり

二週間鍵盤に触れぬわが十指さびしがってる花冷えの午後

ふわふわの日々

美しきガラスのペーパーウェイトで押さえつけたしふわふわの日々

萌え出ずる若葉そよがせ吹きわたる風はわが髪みどりに染むる

春の陽におみなの脚は脱皮する黒脱ぎ捨てて肌色まぶし

ピアノ曲読み止《さ》しの本歌ことば頭《ず》をかけ巡りメレンゲとなる

温暖化の波をざんぶと被りしか緑の地肌見する南極

温暖化にやがて消えゆく巨大湖の水なき砂地に置き去りの廃船《ふね》

携帯もテレビも薄さを競いおり厚切りトースト頬張る朝を

ミキサー車の背中で生コン回しつつ運転席に昼寝の男

十カ月休館するとう美術館寂しくないかパウル・クレーは

青葉闇くぐり抜け来し肩先が水の冷気をまといていたり

異なれるドラマで二度も泣きし夜水切りされし軽さに眠る

天災に殺人に船の遭難に日捲りのごと人の死に遭う

心だけ過去に戻れる時がある深夜静かに聞く昔唄

電動の鼻毛剃り器を購いて夫楽し気に鼻毛剃る朝

真珠の女

若者に混じりて夫と深夜バス東京駅まで五時間半を

目瞑れど眠れざるまま暗闇をわが鼓動のみ運ばれて行く

早過ぎる朝を降り立つ東京駅あるはずもなき時差ボケ襲う

二千円のドリンク剤飲み寝不足の前頭葉をシャキッと起こす

早朝の上野公園ホームレスが羽化せしごとく筵転がる

お目当てのコローの絵の前美しさに気圧されて立つ「真珠の女」

言霊も旋律もある絵の中に銀灰色の大樹揺れおり

マグネットの「真珠の女」冷蔵庫のドア開くたびわれのみに笑む

キリンの首

まだ青き鬼灯の実が描かれし皿二枚買う夏の終わりに

長き長きキリンの首は高空へ伸びゆき秋の鱗雲食む

夕食を夫と幼と囲みいて何でもない幸つつしみ思う

コスモスの揺れてわたしの生まれ月胎内風景よみがえる秋

緋の色の折鶴の羽思わせてもみじ散り敷く城跡の道

三時間ピアノレッスンせしあとの音無き静寂《しじま》にわが身を委ぬ

無量感そこはかと湧き座る椅子夕闇に想い紛れゆくまで

小春日の続いて艶増す烏瓜狂ったようにゲリラ雨降る

ピリピリと点線たどり一枚の紙はがすように一日を葬る

十五年振りに会いたる友三人それぞれ小さき闇を持ちおり

雪もなく雨も降らざる十二月渇きし街の喧騒を聞く

携帯の待ち受け画面を開くたびメタセコイアが伸びてゆく冬

ナポレオンのアルプス越えが由来とぞ予報士は言う冬将軍を

逆上がりもでんぐり返りもできぬけど視点を変えてみたき一日

ある時はスタッカートにある時はテヌートにせんわたしの時間

Rargo

粉雪を踏みしめ歩めばキュッキュッとわが身の芯を絞る音する

灰色の小暗き昼を灯りいる魯迅住みいし家の門燈

夕暮れの鏡屋の中しんしんと百の鏡に雪は降りつぐ

蕭蕭と降り来る雪の声のごと「メサイア」は冬の玻璃戸震わす

ひとひらの白き羽毛が部屋に舞う夫帰り来てダウン脱ぐとき

砂塵煙るガザの映像見しゆえか砂漠をひとり逃げ惑う夢

停戦と聞けば安堵す射るごとくわれを見ていしあの日の少女

汚れたる悲しみのごと路の辺に灰色の雪吹き溜まりおり

鍵盤をひとつ違えて弾いたなら零れてしまうわたしの湖水

深閑と眠れる森に降りそそげドビュッシー作「月の光」よ

何を焦る人生ならん後半のテンポはサティもわれもラルゴに

それぞれに異なる過去を持つわれら触れずにいようさざ波の理由《わけ》

夫の居ぬ休日ひとり狼狽《うろた》うるほどの寂しさいまはあらなく

眠らんと眼を閉じ挟む深き闇われを沈めて液化してゆく

ティーカップの上

窓に凭《よ》り髪そよがせる裸婦の絵を見にゆくアンドリュー・ワイエス展に

花散らしの雨止み花なき枝先に新緑芽吹き命交差す

雨止みてビニール傘の透明な光の翅をやさしくたたむ

歯科医院の待合室に待たされてゆっくり尻尾の生えてくるわれ

朝も夜もやって来るのに昼はただティーカップの上通り過ぎゆく

落下傘開くごとくにジャンプ傘パッと開きぬバス降りるとき

傘立てに立てかけた傘逆さまにされて私がしずくしている

充分にドラマで学習しましたか裁判員制明日より始まる

魚捌くこともできないわたくしが人間裁くことなどできぬ

束の間の梅雨の晴れ間に窓を開けスクランブルに風を通わす

クリスマス・カクタスという洋名の蝦蛄葉サボテン狂い咲く夏

あの頃の痛みの中に還るから蜩鳴くな君待つ夕べ

合歓の木も眠りにつきし頃なるや薄暮しだいに色重ねゆく

秋のカーブ

散らんかな散らんかなと落ち葉散る午後を『しがみつかない生き方』読みぬ

土に還れぬ落ち葉かなしも舗装路を転《まろ》びつつその身砕けてゆけり

閉じられた柩の中の暗闇にひとり取り残されてる真昼

ツノゼミの擬態をテレビに見た日より何か楽しい生きていること

長き髪風に巻きつけ自転車の少女は秋のカーブを曲がる

空耳という耳ありて秋空の高処に吸われゆきし言の葉

エレベータの中に潜める秋の蚊を叩き殺むる夫のかたえに

鱏のごとスカートの裾ひるがえし秋の気流を泳いで帰る

頰紅の左右の位置がずれていて夕べピエロの淡き哀しみ

殺されし子を持つ親も殺したる子を持つ親も悲しもよ親は

ヒロインよりバックサウンド気になりてわれは主役をまだ生きていず

蹴られてみたし

ヒーターの延長時間二度目押し読みふけりおり『1Q84』

失いしもの多けれどクリスマス新年を共に過ごす人いる

惨めなる思いもなくて雨に濡れ雪に濡れゆくわが足許は

ぐるぐると回転扉回しつつ出口見つけることできぬ夢

節分がくれば聞こゆるしわがれし明治生まれの亡き父の声

歩きつつ口紅を売る女いて路上にひろげる紅のパレット

鳥籠の中に入れられ吊るされてヴィトンのバッグ売られいる窓

道端の小石のような存在と思えど時には蹴られてみたし

目を伏せしまま擦れ違い行く人の閉じし瞼は開かざる貝

眠そうな部屋の空気を動かして胡蝶蘭ひとつ音もなく散る

ガソリンの針差し示すエンプティ人にもあらば恐ろしからん

指先に髪からみつく感覚を拭えぬままに終わる一日

眠れぬ水

ジーンズの裾より雨水にじみ来て夏の水辺にもの思う葦

若者の素肌のように新しい傘にて弾く雨のシャワーを

ダ・ヴィンチの空気遠近法思う過去ほの青くかすみゆくとき

除湿器をつけたまま寝る梅雨の夜眠れぬ水がポタリと落ちる

薄暗き深夜の部屋に濯ぎもの肉塊のごと吊るされている

サンダルは素足が似合うと思うけど爪先ヌードのストッキングはく

採点の徹夜作業から帰り来て夫は乾いた鱗を落とす

高層のビル壁面の玻璃窓が光の画布となりて揺れおり

散りそうで散らぬ一葉　幼子はぐらぐら揺らす乳歯一本

具だくさんの秋を煮詰めて煮崩して象形文字のような夕暮れ

ドアノブに無言のままに吊るされて回覧板は官舎を巡る

二コマの講義を終えし夫の声受話器の中に末枯《すが》れしを聞く

おやすみと言いて目を閉ず明日もまた予定ある夫と何もなきわれ

天秤座傾ぎているやわたくしの一日と夫の一日の重さ

半熟卵

葉牡丹に花時計のはな替えられて冬色の季を刻みはじめる

雨上がりの空を映せる水溜り秘色《ひそく》のいろがちろちろ揺らぐ

速水御舟の炎に吸い寄せられてゆく白蛾か燃ゆる残照の中

黒ければ見えざる汚れ黒きゆえ浮き立つ汚れカーディガン羽織る

曲り葱刻んでいるうちたわいなくぐんにゃり曲ってしまう心は

生牡蠣を喉ふくらませ呑み込めば裡に小さき臓器増えゆく

冬籠もる間《ま》をすんすんと伸びてくる雪の匂いを知らぬ黒髪

まぁるい箱に帽子をしまういつの日かわたしをしまう暗い方形

腕はんぶん花瓶の中に突っ込んで花なきあとの闇を洗えり

断崖を背に跪き接吻《キス》をする絵を思いたり眠らんとして

傍らに夫の鼾を聞きながら半熟卵になってゆく真夜

風穴

雪白く降り積む晨離れ住む孫に送らん冬の苺を

雪上のあまねき光踏みしめてわたしを充電しながら歩く

テーブルの上に小さき虹生れて握れば光の音立つるかも

旋律が美し過ぎて悲しみのとき聴けざりきふたつの「悲愴」

リヒテルの激しく連打する指が胸のくぼみに開ける風穴

暴風の一夜吹き荒れ夢までも攫いてゆきぬ成層圏へ

安達太良山《あだたら》のほんとうの空仰ぎいる九十七歳の母はすこやか

二年後に退官控え無口なる夫の背見送る弥生の朝を

海色のランドセル欲しという孫が小さき肩に背負う海原

右手首骨折してより開けること苦手となりぬ春の扉も

早春の空に溶けゆく白き雲青天井をすこし薄めて

血族

早ばやと風邪に臥したる耳もとに夫の爪切る音の寂しき

深刻な病にいずれか倒るる日思い思わず老いの入り口

洗濯機・炊飯・湯沸し・ヒーターと電子音のみ会話の相手

雨の日は読書し晴れた日は散歩心に風吹く日はピアノ弾く

鳴きながら倒れゆきしか牛たちは殺処分とう意味も知らずに

廃業のガソリンスタンド乾きたる白き空間夕光《ゆうかげ》に照る

ラーメン屋の長き行列並びても手に入れたきものわれにはあらず

シンビジウムの花房パチンと切り落とす事柄ひとつなかったことに

わが足裏《あうら》冷たくぬめる海底に届くまでゆっくり沈みてゆかん

感情を束ねるように梅雨湿る朝の鏡にわが髪結ぶ

体脂肪コレステロールも高めです内閣支持率たやすく下がる

父逝きて三十七年法要に並ぶ姉兄われも老いたり

炎天に汗垂り父を葬りしかの年の夏重なる酷暑

あわあわと過ぎてしまいし歳月の重きを墓前に香立て思う

捩れたるわが人生に血族というものありて胸苦しかり

土足の闇

ジャズフェスタ杜の都に秋が来て欅並木がスウィング始む

ワンピースの背中のファスナー下ろすとき無防備になる心の裏側

玄関まで見送らなくてもいいと言う夫よこれがわたしの仕事

剝落せしわれの一部か褐色の青桐の葉が足許に落つ

理由ありの柿と林檎を買って来るわれも見えない傷持つひとり

ブルーレイ起動遅いと待つ夫を急かさんばかりに秋の日は落つ

カーテンを閉めねば部屋の中にまで入ってきそう土足の闇が

ポキポキと冬の言葉は折れ易く息吹きかけて君へと渡す

引きこもる人七十万もいるというまた新しい春は来るのに

ひと度の躓きありて人間が人間怖れ籠もる悲しさ

封鎖せし時間の中で老いてゆくたった一度の戻れぬ生を

風の家と黄色い家

生きて在らば二百歳になるショパン心臓のみが祖国に眠る

恋人のコンスタンツィアをワルシャワに残しパリへと出で来しショパン

マヨルカの空気は天国の色なりとショパンは記すパリの友宛

ジョルジュ・サンドと暮らすマヨルカ「風の家《ソンベント》」病みつつ作りし二十四曲

プレリュード「雨だれ」を生みし夜の苦悩楽譜数カ所ぬりつぶされて

魂の顫えるような短歌とは楽ならショパンと答えんわれは

銀杏葉の散り敷く路を歩きつつ朽ちゆく黄色にゴッホを思う

ポケットのまろきふくらみ削がれたるゴッホの耳など入ってはいず

浮世絵の明るき光に憧れて南仏アルルに住みたりゴッホ

ゴーギャンを迎うる「黄色い家」の部屋飾らんと描きし名画「ひまわり」

Ⅱ

長き闇夜

恐怖心振り払うごと叫びつつ震度六強激震に耐う

離れ住む娘《こ》よりのメールいち早く届いて返す〝だいじょうぶ〟の文字

玄関にわれの名を呼ぶ夫の声駆け寄りたけれど足場危うし

荒浜に数百の遺体あがりしとう長き闇夜を眠れずにいる

三日目の夜を初めて見るテレビ想像絶する映像の惨

一瞬に命のみ込み壊滅の瓦礫の町にただ涙する

テレビより行方不明の家族の名連呼する声今日も聞きおり

食料を求めて長蛇の列につく悪夢のような現実を生く

津　波

人生を失う津波が来るなんて「がんばって」などとわたしは言えない

高齢の被災者を看る看護師も津波に家族呑まれし被災者

瓦礫より一葉の写真見つけだす思い出捜索隊の人々

帰り来ぬ子らを待ちつつ校庭に泥にまみれたランドセル並ぶ

見つからぬ娘《こ》の誕生日祝う父「なごみちゃん十歳」ケーキに記す

俺達はカモメと同じまた海に出るしかないと漁師つぶやく

賑わいし漁港の俤とどめんと大漁旗を瓦礫にくくる

暖かい電気毛布に眠りつつ避難所の人ら思うわが罪

悲しみの町にも春はやって来ていぬふぐり空の色をして咲く

負けるな福島

放射線の濃度を表すシーベルト知りたくなかったこんな単位は

原発の避難圏域逃るれどわれのふる里二本松市は

「うつくしまふくしま」という県コピー泣いているはず見えざる汚染に

人のいぬ避難圏内三頭の瘦せこけし牛町をさまよう

帰れない畑に種を蒔きたいと明日を削がれし避難者の言う

新聞にテレビに三春の瀧桜今年も咲いた負けるな福島

花終えて木々は若葉をそよがせりまだ十一万の避難者がいる

仁愛とう巨大な蒲の穂綿にてくるみやりたし被災者すべて

括られる死亡者の数かなしみのひとつひとつは束にできない

みすゞの詩「こだまでせうか」が聞こえ来る話し相手のいない夕暮

政争をしている場合か被災地に水のでてない町がまだある

「いちにんのいのちの重み」とう師の歌が震災受けし身に響き来る

毒薬

雨降りの続いて散歩の出来ぬ日日サルビアブルーの風を待ちおり

初夏の風に混じれる放射能色もにおいも持たぬ毒薬《ポアゾン》

ふるさとの二本松市に避難せし浪江ナンバー街に溢るる

新鮮さの代名詞なる「産直」の野菜消えたり福島県に

今年初ミンミン蟬が腹据えて鳴きおりわれの泣けぬ真昼間

暑すぎる夏を鳴く蟬この地球あなたにとって住み良いですか

弾ければいいのかわれもビニールのシートをプチプチ潰す手止めて

雨音に気づかずにいてベランダにネグレクトされた濯ぎもの濡れる

ひとつ家《や》に歌詠む人の二人いて見えないドアに鍵かけ籠もる

黄のTシャツ

黄のTシャツわたしに似合わぬ色なれど脱原発のデモに着てゆく

六万の人波に押されたどり着く明治公園に旗林立す

憧れのひとなり大江健三郎、澤地久枝の凜とした声

福島はわれのふる里　被災者の代表挨拶に涙こみあぐ

原宿の街うねり行く雨空にシュプレヒコールとこぶし突き上げ

胡麻つぶのひとつなれどもアクションを起こさん思いに突き動かさる

ＮＯ　ＮＵＫＥＳ！と胸に書かれたるＴシャツ畳むホテル十五階
（核兵器はいらない）

イカの墨色

黴くさき胸の暗室開け放ち金木犀のかおり取り込む

木枯らしの吹かぬ師走を街路樹はスローモーションで葉を脱いでゆく

人気なき部屋に帰り来照り返す卓上は凍てし湖《うみ》の静けさ

セピアとはイカの墨色ふと過《よぎ》る杳き思い出海の匂いす

滑らかな素肌のような日常に感性という切り傷つける

ミッドウェー洋上までも流されし小型漁船　否それだけじゃない

福島のリンゴにかわり十勝ハム兄より今年のお歳暮とどく

被災者の移り住みたるアパートの窓辺に赤きサンタのシール

カーテンを閉めんと迷いし窓はもうのっぺらぼうの闇が居座る

フェルメールブルー

わが住める官舎の隣の美術館フェルメール来るあの屋根の下

三点の手紙を巡る女の絵「フェルメールからのラブレター展」

修復後初お目見えの謎の色フェルメールブルーに染まるひととき

日本では家綱のころデルフトにラピスラズリを溶きていし画家

八人の遺児とパン屋の借金を残して逝きたり四十三歳

フェルメールの光の中に飛び込んでゆきたしわたしの色を求めて

陪聴

東京は冬一番の寒さなり「歌会始め」緊張の朝

門くぐり北車寄《きたくるまよせ》にたどり着き皇居の冷気胸に吸い込む

ロングドレスの裾踏まぬよう進みゆく宮中松の間までの回廊

年どしにテレビに見ていし歌始め夫と着きたり陪聴の席

高鳴れる鼓動のままに耳すます披講の歌の一語一語を

震災の歌多かりし「岸」という御題に詠める去年の海原

年始の儀終えあとにする坂下門冬空青く澄みて明るし

幾本もピンの刺さりしまとめ髪解きていつもの顔とり戻す

歌会始のビデオ見ており両陛下御座す画面にわが背も映る

最終講義

学生に混りて階段教室に夫の最後の講義聴きおり

板書する夫をカメラにおさめたりわれに最初で最後の講義

聞き慣れしバリトンの声マイクより締まりて聞こゆ最上段まで

言葉には出来ぬ思いを分かち合うわれにはたった一人の家族

わが編みしモスグリーンのカーディガン着て雪の夜を採点に行く

われをぎゅっと抱きし日もある玄関に退官近き夫を見送る

洗剤を詰め替え灯油を移し替え最後に満たすわれの空腹

おふたりさまの老後

出来たてのインプラントの奥歯にてぎゅっと噛みしむ春のかおりを

二十五年住み来し夫には喜びも修羅も別れもありしこの部屋

さくさくとダンボール箱に詰め込みぬ引越しの荷と歳月の嵩

捨てること得意なわれと捨てられぬ夫とのバトル捨てたるが勝ち

空っぽになりし部屋べや人生の何詰め込むや次の入居者

幸福が飛来するとう花言葉胡蝶蘭咲く引越しの朝

引越しの手を止め夫と黙禱す静寂つつむ仙台の街

春陽差す白きマンション明日からはおふたりさまの老後始まる

まん中の動かぬ空気を逃がすごとバウムクーヘンにナイフを入れる

ふんわりと春の風載る計量器白き封書をはかりておれば

小さき手鏡

さみどりがたまらないから見に来てと誰かに告げん黄泉の父にも

ソの音の出ないピアノはかなしくて五月を啼かぬ雲雀もあらん

五月晴れの朝をかざせどくもりたる古りし手鏡買い替えんと思う

二十二歳《にじゅうに》のときよりわが顔映し来し娘達《こら》と別れしあの日の朝も

過ぎし日の心象見えざる傷痕も見尽くして来し小さき手鏡

Ａｍａｚｏｎには何でもあると夫は言うまるで臓器も売ってるように

生きることに休日などはないけれど宅配のチャイム無視して眠る

筍も汚染されおり生協に福岡・熊本県産ならぶ

筍の皮を剝きつつもう何も鎧うことなきわれと思えり

モリアオガエル

原発の警戒区域　風のみがくぐりぬけゆく桜トンネル

夏を告げホトトギス鳴くあの森をまるごと除染してくれませんか

除染され樹皮剝かれたる柿の木の白骨の枝闇に伸びゆく

放射能降れば即刻住み替えるガラスの心を持つ歌人は

荒浜にひとり戻りて来し人のポツンと淡き蛍火ともる

脱原発を理想論だと言う首相現実なんですこの苦しみは

人住めぬ警戒区域に泡状の白卵産みゆくモリアオガエル

実るものすべてにセシウム疑われふる里もまた秋闌けてゆく

亡き父の魂あそびに来る庭も除染に木木の伐られゆくのか

心にも突っかい棒欲し夕暮れて闇がどすんと背を圧して来る

欧州の風

「モルダウ」を低く流して退官後夫は初めて自室に籠もる

プラハへの銀の翼を得しごとく今日取りて来しパスポート開く

機内にて十一時間の拘束を解かれ降り立つウィーン空港

今日の宿ブダペストまでを行くバスの窓から取り込む欧州の風

国境を越えても何も変わらない景色も空気もバスの私も

立ち寄りしトイレ休憩こわごわと百フォリントを女に渡す

ガス入りの水のボトルは赤キャップ無炭酸水の青キャップ買う

ゲレルトの丘より見放くるドナウ川ブダとペストを分かち静まる

西陽射すサウナのような船上のレストランにてグヤーシュを食ぶ

白き夜ようやく更けてドナウ川心は躍るチャータークルーズ

くさり橋光の粒に覆われてドナウの真珠闇にきらめく

カレル橋

静まれる大聖堂内息殺しミュシャのステンドグラスに見入る

死の際に思い出ださん幸せなシーンか夫とカレル橋渡る

ミュシャ、カフカ、ドヴォルザークにスメタナも佇みたるやカレル橋の上

「スラブ叙事詩」見し感激をドイツ語で夫は言うなり学芸員に

「存在の耐えられない軽さ」読みし日よヴァーツラフ広場は真夏の暑さ

日本人の店員のみの「ワルツ店」モーツァルトの小銭入れ買う

ヴィエンナのホイリゲにワイン飲みながら旅の終わりを夫と惜しめり

Mサイズ

豊齢カードなるもの届きいつの間に秋になってたわれも夫も

わたくしを虫干ししたくなるような台風一過の今日誕生日

試験管一本分の血抜かれたりこの夏一度も蚊の刺さぬ腕

居るだけでいいのだ何もしない夫たての心は縦のまんまに

仏壇に柿の実ひとつ灯りおり秋の言葉をつぶやくように

揺るぎなき生を生きたし萎れゆく花の矜持を裡に秘めつつ

晩秋の灯ともし頃は寂しくて夫と向き合い栗の皮剝く

沖縄に復興予算を使うとはキーン氏もわれも怒っています

幸せを引き寄するごと少年は高く上がりし凧の糸引く

幸せもみかんもまるいMサイズ窓辺に赤いシクラメン咲く

『鍵のない夢を見る』とう本読みて夢の扉《と》を開け冬夜を眠る

雪霊

雪の中にスルリと落ちた腕時計凍らせたくないわたしの時間

真冬日の体感時間は疾く過ぎて吸取紙に滲みゆく闇

音もなく白く過ぎゆく雪の夜時間の嵩を積もらせながら

悲しみに白きシートを掛くるごと避難区域に雪降りていん

雪片の浮かぶ小暗き冬の海命を捜索する音映る

風運ぶ悲しみもあるアルジェリアの砂塵まき上げ悲報は届く

存うる命無情に散る命見えざる闇に銀河ひしめく

カレンダーの二月の魁夷の絵の中に昨夜の続きの牡丹雪降る

嘘にうそ重ねたように消え残る雪の上に降る真っ白な雪

法律家の肩書捨てし夫はもう雪の白さを糾したりせず

子でもなく孫でもなくて夫という節榑《ふしくれ》立った冬の止まり木

うす紅の篝火花の灯は消えて葉は心臓の象《かたち》に残る

ぎっしりと詰まりし本を引き抜けばふぅーっとため息もらす書棚が

向かい家に未だ残れる屋根の雪白猫一匹眠るかたちに

マグダラのマリアの黒き眼があおぐ天より今朝は春の淡雪

雪解けの水は海へと流れゆき水底深く眠る雪霊

Ⅲ

母

大正二年二月二十二日二のぞろ目母百歳の今日誕生日

おめでとうの言葉洩れなくラッピング母に贈らんリボンをかけて

百年を使い来し耳けんめいに傾け母はわが言葉待つ

逞しさも強さも持たず漉き紙を重ねて来たる母の一生か

喜びとあわき哀しみ滲み来る人が百歳まで生きるということ

人間としての機能を失って母は生きてる人間として

手を握り脚をさすれどやわらかき肉の感触どこにもあらず

われの名を告ぐれば応えてくるるごと握り返せり骨のみの手で

クロイツェルソナタ

家事をするわれには定年などなくて家居の夫はゆるキャラになる

肉もどき豆腐の味のハンバーグ許されていいんやさしい嘘は

人間が造りし原発処理できず名人敗るる電王戦に

成り立ての高齢者にて少しだけ初心者マーク付けたい気分

擦れ違うたましい誘導するように真夜を灯りている信号機

季ふたつ孕みて重き水無月の空を音なく飛行船行く

ほどかれて深ぶかと椅子に身を沈めクロイツェルソナタ流してひとり

その曲が美し過ぎてトルストイの書きし小説『クロイツェルソナタ』

ハイヒール履かなくなりてコツコツと自己主張せぬわれの足音

傷つけど傷つくること止められぬ夫の瘡蓋《かさぶた》かわくことなく

ふくしまの夏

梅雨明けぬ森に鳴く蟬　原発を持たざる国を子達《こら》は選べず

震災を経しよりわれは起立して黙禱捧ぐ原爆の日も

汚染水呑み込まされたふるさとの真夏の海は波音ばかり

炎天に父逝きしより四十年ふくしまの夏重く汗垂る

仏前に供えし白き百合匂う彼岸の人の吐息のように

除染いまだ成らざるふるさと二本松検査機の針家内《やぬち》に揺るる

汚染水ブロックされていると言う総理の手より水は滴る

悲しみは怒りとなりて滲み出ん汚染水漏れいかに防げど

不明者の御霊はせめて帰るべき家族のもとへ辿り着きしや

この国に人住めぬ場所あることを思えば秋夜の侘しさ募る

オリンピックの招致に沸き立つ東京を距離持ち見ている被災地に住み

レディ・ガガ奇抜なファッション身に着けて来日するたび被災地を言う

マンションの階に落蟬数増して無言に夏の終りを告げる

ぬめり

色を持ち降りて来る秋木木の葉を染めてもわれを染めたりはせぬ

仏前に供うる冷茶を温かき緑茶に変えて今日秋彼岸

熟年を知らずに逝きし友思う秋果色づき熟れてゆく頃

ピンポン玉のような葡萄を呑み込みぬ喉《のみど》の闇をほの甘く染め

降る雪は地に落ち溶けてゆくものを積もりて残る命の遅速

ぼやけたる心にワイパーかくるごと玻璃戸の結露ぬぐう朝あさ

爆弾とう怖ろしき名の寒気団列島に白き火の粉を降らす

手袋にロングブーツに冬帽子闇持つものを纏う雪の日

舅《ちち》を待ち姑《はは》を待ちたる病院の待合室に今日夫を待つ

夫の身に赤き傍線引かれたるごとき不安に乳首尖れり

病得しこと平然と話す夫泣かざる妻であらねばわれは

顔立ちは姑似なれども細胞のミクロの部分舅に似る夫

夫選ぶ篝火花は真綿色淋しきわれは緋の色選ぶ

キッチンのシンクのぬめり洗いおり人にもありや臓器のぬめり

覚悟

顔洗うたびに指輪の屑ダイヤ左の頰を軽く刺し来る

レントゲン写真に映りしわが脚の骨は綿菓子色の淡《うす》さに

冬晴れの続きて久し振りの雪白きデジャビュを連れて降り来る

新雪にわたしのつけた足跡が行方不明になってる真昼

雨の日は濡れて濃くなる傘の色雪の日は淡く白を溶かして

感情の違いを競うこともなくたんたんと二人歌詠む夕べ

歌を詠むときは覚悟が必要と野武士のごとくわれに言う夫

春待たず花舗に咲《ひら》けるチューリップさみどり色の風も知らずに

瀑布のように

入院せし姑《はは》にかわりて認知症の舅《ちち》との暮しひと月を過ぐ

妻の顔息子の顔も自《し》が顔も忘れし舅は誰を生きいる

出先にて七時間をも爆睡すレビー小体型認知症の舅は
揺すっても呼んでも舅はねむりおり凍りつきたる瀑布のように
眠りては覚めまた眠りゆく舅の脳に秋雨《なずき》響くことなく

食事するときも嚙みつつ眠る舅目蓋のシャッター固く閉ざして

朝食を終えたる舅に五種類の薬を与え貼り薬替う

途切れたる脳の回路を繫がんとリバスタッチパッチを貼りぬ

わけもなくハイテンションの日もありてジャムパン掲げひとり乾杯

取り出したティッシュペーパー食べる舅「山羊じゃないよ」と夫の制止す

爪きりを怖がる舅をなだめつつ夫が切りやる白き繊月

入院し帰らぬ姑の分までも床延べて待つ呆けし舅は

生かされて

排泄のままならぬ日よ目覚むればどこでもトイレにしてしまう舅《ちち》

大人用紙パンツ舅に穿かせやる乾きし音が臀部を包む

生きてゆくことの素朴さ食べて寝て排泄をして無欲なる舅

認知症の舅と入院せし姑《はは》のあわいでわれらの長き一日

七十八年振りの大雪降り積もるまぼろしにはあらず舅の年輪

認知症の舅もそうではないわれも生かされて同じ雪を見ている

描き来し生の軌跡を終焉のときにも思うこと無き舅か

父の無きわれには時に懐かしき存在として舅の丸き背

暗雲の立ち込め重き周辺を冬の光が慰藉のごと差す

必要とされていること嬉しくて少し窮屈胸のボタンが

舅の家とマンション行き来する暮しピアノの蓋に塵白く積む

求め来し黄のフリージアわが部屋に生かされて春の香りを放つ

分散和音

数万の脳細胞日々死滅するカチャリとドアに鍵鎖ししとき

就活も婚活も縁はなくなれど脳活せねばならぬわれらか

読み止《さ》しの本開かずに過ぎる日々あの日のわれを閉じ込めたまま

左手の分散和音が心地よく耳から雪解けしてゆく冬日

二日間介護を解かれ三月と言えども寒き東京に来し

イル・ディーヴォの日本語で歌う「ふるさと」に被災者思いまひる野おもう

高層の森アーツビル「オフィーリア」に再会せんとわれら浮遊す

上野にて初めて見たる「オフィーリア」ひとり跪いていたるあの頃

数えつつ待つ

夫入りし診察室の白きドア見えざる内部に眼《まなこ》を凝らす

深海の冷え漂える地下二階夫待ち座る待合室に

ひとすじの漏れも許さぬというように放射線治療の自動ドア閉まる

照射中のランプ点りて無機質な照射の音にわが身強張る

二カ月を夫に付き添い通院す病を半減できはせざれど

眼は本に落としておれど七回の照射音胸に数えつつ待つ

歌一首考えていたと夫は言う五分の照射に身を晒しつつ

ナメクジに塩を振りかけたるごとく放射線にて病巣は消ゆ

病癒え食の太りてきし夫はベストの下にメタボを隠す

絹の喉

森近きマンションに住み不如帰の声に目覚めて声に眠れり

不如帰せつなきまでに鳴く夕べ絹の喉《のみど》に血は滲みしか

静まれる夜気罅割れてゆくように不如帰の声真夜を谺す

鳴きながら飛んでいるのか暁闇に不如帰の声線を描いて

若いというただそれだけのことなれどさみどり眩し樹々も乙女も

若くなく老いてもいない六十代羽根付き餃子の薄き羽《は》くずす

ストローでアイスコーヒー吸い上げる甘さと苦さの境界あるを

鉢植えの紫陽花みずの色をして雨とおしゃべりしたいベランダ

ピチピチと跳ねる白魚口にした幼の顔に笑う日曜

擦れ違うワイシャツの白まぎれきて夏の匂いの夕闇迫る

海鳥

再稼働阻止の判決はつ夏の緑風に乗り列島わたる

カーナビの地図に残れる閖上《ゆりあげ》はどこまで行ってもゆきつかぬ町

待つことにピリオドを打てぬ人がいる海鳥飛び交う野蒜《のびる》の浜に

ふるさとの野山は汚染されしかどけがれを知らぬひぐらしの声

除染せし土を詰めたる袋より伸びし雑草も紅葉《もみ》ずる秋を

空の天井抜けたるような大雨にしばし車内に夫と籠もれり

被災地と呼ばるる場所を列島に増やして異常気象は続く

木を倒し家を破壊し命さえ奪う大雨鬼雨《きう》と呼ぶべし

夫の引力

部屋干しの洗濯物のごと淋し風を知らずに籠もりいる日は

羽たたみ薄羽蜉蝣横顔を見せて張り付く濡れたる階に

わたくしを生きるということ薄れゆき青虫のごとレタスむさぼる

素っぴんは顔も心も苦手です樹々も装う秋はことさら

蛇口より音階を持ちしたたれる秋には秋の気を含む水

実の入らぬ稲穂を風が吹き飛ばす風選という選別かなし

銀漢のごとくオレンジ降りこぼし金木犀は秋深めゆく

十六夜の月はためらいながら出る引っ込み思案の少女期に似て

黒々と夜空に浮かぶ観覧車月光を乗せてカタカタ回れ

グイグイと夫の引力強き日よどこまでも風になびくコスモス

あとがき

平成二十年に第一歌集『胸の鳥籠』を出版してから七年が経ちました。この度、その間に詠んできた歌約九七〇首の中から四七五首を自選して纏めてみました。私にとってこの七年間は実に多くのことを経験した歳月でもありました。何と言っても震度六強の揺れを体験した東日本大震災は決して忘れることのできない出来事です。すべてのライフラインが断たれ、その日の食糧を手に入れることに必死であった二か月は、現実とは思えない日々でした。

そして津波に呑み込まれた信じられない命の数、壊滅状態の町を見るにつけ、胸がしめつけられる思いでした。追い打ちをかけるように福島の原発事故が起き、ふるさと福島のどうにもならない現状に、ただ何とかしたい、何とかしなければ……と思うばかりでした。この大震災で今まで築き上げてきた人生を失ってしまった人達のことを思うと、原発事故は人災であり、危険な原発自体に対する怒りにも似たものを感じるようになりました。最終処分のできない原発を使わずとも良い原発ゼロの国を目指すことを願っています。私は愛するふるさとをフクシマとはどうしても表記できません。また、被災地に住む者の一人として震災の歌を如何に詠み続ければ良いかと思い悩みながら歌に向き合ってきました。そして、これからも詠んでいきたいと思っています。

私達は二、三年前からレビー小体型認知症の舅の介護に明け暮れています。今、日本には認知症と呼ばれる人の数が八十万人とも九十万人とも言われています。舅の場合は寝たきりではないのでまだ楽な方かもしれませんが、息子である夫の顔はもちろん、鏡に映った自分の顔も、妻である姑の顔も認識できず、会話も成り立ちません。ヘルパーさんと交代ではありますが、幼子の育児のように時間に拘束され、精神的な余裕・自由も殆どなく、かなりの犠牲を強いられる現状です。

私の母ももうすぐ百二歳になり、兄夫婦が介護をしています。今まで他人事だった介護が、私達の生活の多くを占め、歌材も介護を避けることができなくなっています。老いの生を目の当たりにして、決してきれいごとではすまない老いを生きることの、無惨とも思える哀しみ、また、それだからこそ人が生かされている尊さを考えさせられる毎日です。

題名の「絹の喉」は「不如帰せつなきまでに鳴く夕べ絹の喉《のみど》に血は滲みしか」の歌からとりました。私は不如帰の鳴き声が大好きです。八木山に引っ越してきてからも毎年楽しみにしています。不如帰を詠んだ句や歌はたくさんありますが、短歌を始める以前に出会った、杉田久女の「谺して山ほととぎすほしいまゝ」の句は忘れることができません。また、正岡子規（ホトトギス）が、血を吐くまで鳴き続ける不如帰に病の自分をなぞらえて雅号にしたことは有名です。私もこのような気概を持って歌を紡ぎ続けていけたらと願っています。

本歌集も第一歌集と同様に「まひる野叢書」として出版できることとなりま

した。橋本喜典先生や篠弘先生をはじめとして、まひる野会の皆様に心より御礼申し上げます。特に橋本先生にはお忙しい中、歌稿に御目を通していただき、貴重なご助言とお力添えをいただきました。その上、帯にお言葉まで賜りました。心より厚く御礼申し上げます。

また、現代短歌社社長の道具武志様、ならびに今泉洋子様には歌集の出版、装丁等につき懇切丁寧なご助言をいただきました。心より感謝申し上げます。

平成二十五年二月

岡本弘子

略　歴

岡本　弘子

昭和22年　福島県二本松市生まれ
平成元年　青藍短歌会入会
平成13年　草木短歌会入会
平成16年　草木短歌会退会
平成16年　まひる野会入会
平成20年　歌集『胸の鳥籠』出版
（平成21年日本歌人クラブ東北ブロック優良歌集賞受賞）
現　　在「まひる野」同人

歌集 絹の喉　　まひる野叢書第328篇

平成27年４月10日　発行

著　者　岡　本　弘　子
〒982-0807 仙台市太白区八木山南1-9-23-202
発行人　道　具　武　志
印　刷　㈱キャップス
発行所　**現代短歌社**

〒113-0033 東京都文京区本郷1-35-26
振替口座　00160-5-290969
電　　話　03（5804）7100

定価2500円（本体2315円＋税）
ISBN978-4-86534-085-3 C0092 ￥2315E